Arthur Conan Doyle

Son Dernier Coup d'archet

Texte et illustration de couverture : © domaine public
Edition : Culturea (Hérault, 34)
Contact : infos@culturea.fr
Retrouvez notre catalogue sur http://culturea.fr
Imprimé en Allemagne par Books on Demand
Design typographique : Derek Murphy
Layout : Reedsy (https://reedsy.com/)

Dépôt légal : janvier 2023

ISBN : 9791041928132

Table des matières

Son dernier coup d'archet

Il était neuf heures du soir le 2 août (le plus terrible des mois d'août de l'histoire mondiale). On aurait pu croire que déjà la malédiction divine pesait lourdement sur un monde dégénéré, car un silence impressionnant ainsi qu'un sentiment d'expectative planaient dans l'air suffocant, immobile. Le soleil était couché, mais vers l'horizon d'ouest, s'étirait une balafre couleur de sang comme une blessure ouverte. Au-dessus les étoiles brillaient, claires; et au-dessous les feux des bateaux scintillaient dans la baie. Deux Allemands se tenaient accoudés sur le parapet de pierre de la terrasse; la longue maison basse à lourds pignons étalait sa masse derrière eux; ils regardaient la large courbe du rivage au pied de la grande falaise crayeuse sur laquelle Von Bork s'était perché, tel un aigle errant, quatre ans plus tôt. Leurs têtes se touchaient presque. Ils échangeaient des propos confidentiels. D'en bas les bouts incandescents de leurs cigares devaient ressembler aux yeux d'un mauvais diable scrutant la nuit.

Un homme remarquable, ce Von Bork ! Sans rival, pour ainsi dire, parmi tous les dévoués agents du Kaiser. Ses qualités l'avaient recommandé pour une mission en Angleterre (la plus importante de toutes); depuis qu'il s'y était attelé, ses talents s'étaient vite affirmés dans l'esprit de la demi-douzaine de personnes au courant de son activité, et notamment de son compagnon du moment, le baron Von Herling, secrétaire principal de la légation, dont la formidable Benz de 100 CV bloquait le chemin de campagne en attendant de ramener à Londres son propriétaire.

« Pour autant que je puisse juger des événements, disait le secrétaire, vous serez probablement de retour à Berlin avant une semaine. Quand vous arriverez, mon cher Von Bork, je crois que vous serez surpris de l'accueil que vous recevrez. Je sais ce que l'on pense dans les cercles les plus élevés du travail que vous avez accompli dans ce pays. »

C'était un colosse, le secrétaire : grand, large, épais; il s'exprimait avec lenteur et conviction, ce qui lui avait beaucoup servi dans sa carrière politique.

Von Bork se mit à rire.

« Ils ne sont pas très difficiles à tromper, fit-il. Impossible de trouver un peuple plus docile, plus naïf !

– Je ne sais pas, répondit l'autre en réfléchissant. Ils ont des limites bizarres qu'il ne faut pas dépasser. Leur naïveté de surface est un piège pour l'étranger. La première impression est qu'ils sont complètement mous; et puis on tombe soudain sur quelque chose de très coriace; alors on sait qu'on a atteint la limite et il faut s'adapter au fait. Par exemple leurs conventions insulaires exigent d'être respectées.

– Vous voulez parler du « bon ton » et de ces sortes de choses ? demanda Von Bork en soupirant comme quelqu'un qui en a souffert beaucoup.

– J'entends le préjugé anglais, dans toutes ses curieuses manifestations. Tenez, je vous citerai l'une de mes pires bévues. Je peux me permettre de parler de mes bévues, car vous connaissez assez bien mon travail pour être au courant de mes réussites. Je venais d'arriver en poste. Je fus invité pour le week-end à une party dans la maison de campagne d'un ministre du cabinet. La conversation fut d'une indiscrétion folle. »

Von Bork fit un signe de tête.

« J'y étais, dit-il.

– En effet. Eh bien, tout naturellement j'ai envoyé à Berlin un résumé des renseignements obtenus. Pour mon malheur notre brave chancelier a la main un peu lourde dans ce genre d'affaires, et il a transmis une observation qui montrait éloquemment qu'il savait ce qui avait été dit. Bien sûr, la piste remontait droit sur moi. Vous n'avez pas idée du mal que cette histoire m'a fait. Je peux vous assurer qu'en l'occurrence il ne restait rien de mou chez nos hôtes anglais ! J'ai mis deux ans à faire oublier ce scandale. Mais vous, qui posez au sportif...

– Non, ne m'appelez pas un poseur. Une pose évoque un artifice. Or, je suis tout à fait naturel. Je suis né sportif. J'aime le sport.

– Votre efficacité s'en trouve accrue. Vous faites de la voile contre eux, vous chassez avec eux, vous jouez au polo, vous êtes leur égal dans n'importe quel sport, votre attelage à quatre a remporté le grand prix. J'ai même entendu dire que vous acceptiez de boxer avec leurs jeunes officiers. Quel est le résultat ? Personne ne vous prend au sérieux. Vous êtes « un bon vieux sportif », « un type tout à fait bien pour un Allemand », qui boit sec, qui fréquente les boîtes de nuit, qui mène une vie de bâton de chaise, que sais-je encore ! Et cette paisible maison de campagne qui vous appartient est le centre d'où part la moitié du mal qui est fait à l'Angleterre, tout comme son sportif propriétaire est le plus astucieux des agents secrets. C'est génial, mon cher Von Bork, génial !

– Vous me flattez, baron. Mais j'ai certainement le droit de dire que mes quatre années passées dans ce pays n'ont pas été improductives. Je ne vous ai jamais montré mon petit entrepôt. Voudriez-vous entrer un instant ? »

La porte du bureau ouvrait directement sur la terrasse. Von Bork la poussa et, passant le premier, alluma l'électricité. Puis il referma la porte derrière la silhouette massive qui l'avait suivi, et tira un épais rideau devant la fenêtre grillagée. Ce n'est que lorsque toutes ces précautions furent prises et vérifiées qu'il tourna vers son invité un visage aquilin bronzé par le soleil.

« Quelques papiers ne sont plus ici, dit-il. Quand ma femme et les domestiques sont partis hier pour Flessingue, ils ont emporté les moins importants. Pour les autres, je réclamerai la protection de l'ambassade.

– Votre nom figure déjà parmi ceux de la suite personnelle de l'ambassadeur. Il ne s'élèvera aucune difficulté pour vous et vos bagages. Tout de même il est possible que nous ne soyons pas obligés de partir. L'Angleterre peut abandonner la France à son destin. Nous sommes sûrs qu'il n'existe pas entre elles un traité contraignant.

– Et avec la Belgique ?

– Certes, il y a aussi la Belgique ! »

Von Bork hocha la tête.

« Je ne vois pas comment l'Angleterre ne bougerait pas. Avec la Belgique elle est liée par un traité formel. Elle ne pourrait jamais se relever d'une telle humiliation.

– Du moins aurait-elle la paix pour quelque temps.

– Mais son honneur ?

– Bah ! mon cher, nous vivons une époque utilitaire ! L'honneur est une conception médiévale. En outre l'Angleterre n'est pas prête. C'est inconcevable que notre impôt de guerre de cinquante millions, dont on aurait pu croire qu'il rendrait notre plan clair comme le jour, aussi clair que si nous l'avions publié à la première page du Times, n'ait pas tiré ces gens-là de leur somnolence ! De temps à autre on entend une question : c'est mon affaire de trouver une réponse. Ici et là encore on note un peu d'irritation : c'est mon affaire de l'apaiser. Mais je vous donne ma parole qu'en ce qui concerne l'essentiel (réserves de munitions, préparatifs pour faire front à une attaque de sous-marins, organisation pour la fabrication de puissants explosifs) rien n'a été fait. Comment donc l'Angleterre pourrait-elle intervenir, surtout quand nous l'occupons suffisamment avec la guerre civile d'Irlande, les suffragettes en furie et Dieu sait quoi, pour qu'elle centre ses pensées sur elle-même ?

– Elle doit penser à son avenir, voyons !

– Ah ! c'est autre chose ! Je suppose que pour l'avenir nous avons des desseins très précis sur l'Angleterre, et que vos renseignements nous seront d'une importance vitale. Avec M. John Bull, c'est pour aujourd'hui ou pour demain. S'il préfère aujourd'hui, nous sommes absolument prêts. Si c'est demain, nous serons encore mieux prêts. A mon avis, ils seraient plus avisés en combattant avec l'appoint d'alliés que privés de leur concours, mais cela les regarde. Cette semaine est la semaine décisive. Vous m'aviez parlé de vos papiers... »

Dans un angle de la grande pièce à panneaux de chêne, entourée d'une ceinture de livres, un rideau était tiré. Von Bork l'écarta; un gros coffre-fort cerclé de cuivre apparut. L'Allemand détacha une petite clef de sa chaîne de montre, manipula longuement la serrure, et la lourde porte s'ouvrit.

« Regardez ! » dit-il en reculant d'un pas.

La lumière éclairait l'intérieur du coffre et le secrétaire considéra avec un intérêt extraordinaire les rangées de casiers bourrés qu'il contenait. Chaque casier portait son étiquette. Ses yeux coururent de l'un à l'autre pour lire des titres comme « Gués », « Défenses côtières », « Avions », « Irlande », « Égypte », « Forts de Portsmouth », « la Manche », « Rosyth ». Chaque casier était rempli de plans et de papiers.

« Colossal ! murmura le secrétaire. »

Il posa son cigare pour applaudir doucement des deux mains.

« Et tout cela en quatre ans, baron. Pas mal, n'est-ce pas, pour le buveur, le noceur, le chasseur, le sportif ! Mais le joyau de ma collection va venir, et tout est prêt pour l'accueillir. »

Il désigna un casier sur lequel était écrit : « Transmissions de la marine ».

« Mais vous avez déjà un bon dossier, il me semble ?

– Vieux papiers, qui ne sont plus à la page. L'Amirauté a été alertée, je ne sais comment, et elle a changé tous ses codes. Ç'a été un coup dur, baron ! Le pire revers de toutes mes campagnes. Mais grâce à mon carnet de chèques et au brave Altamont, le malheur sera réparé cette nuit même. »

Le baron regarda sa montre et poussa une exclamation gutturale de déception.

« Réellement je ne peux pas attendre plus longtemps ! Vous pensez bien qu'il y a du remue-ménage en ce moment à Carlton Terrace et que nous devons être tous à nos postes. J'avais espéré rapporter la nouvelle de votre grand coup. Altamont ne vous a pas fixé d'heure ? »

Von Bork lui montra un télégramme.

« Viendrai sans faute ce soir et apporterai les nouvelles bougies d'allumage – Altamont. »

« Des bougies d'allumage ?

– Vous le voyez : il joue à l'expert automobile, et je possède, moi, un garage. Dans notre code chaque renseignement qu'il va m'apporter est baptisé du nom de l'un de ses éléments. S'il parle d'un radiateur, il s'agit d'un cuirassé; une pompe à huile est un croiseur, etc. Les bougies d'allumage sont les signaux de la marine.

– Daté de Portsmouth à midi, dit le secrétaire en examinant le télégramme. A propos, combien lui donnez-vous ?

– Cinq cents livres pour ce travail particulier. Naturellement il a aussi un salaire.

– Il est gourmand, ce coquin ! Les traîtres sont bien utiles, mais je ne les paie jamais qu'à contrecœur.

– Je ne paie jamais Altamont à contrecœur. C'est un travailleur magnifique. Si je le paie bien, du moins me remet-il de la bonne marchandise, pour reprendre son expression. En outre ce n'est pas un traître. Je vous affirme que les sentiments antianglais du plus pur pangermain de nos junkers sont ceux d'une colombe au biberon en comparaison de la haine qu'a vouée à l'Angleterre cet Irlandais d'Amérique.

– Oh ! c'est un Irlandais d'Amérique ?

– Si vous l'entendiez parler, vous ne pourriez pas douter de son origine. Parfois je le comprends à peine. A croire qu'il a déclaré la guerre autant à l'anglais du roi qu'au roi d'Angleterre. Êtes-vous absolument obligé de partir ? Il va arriver d'un instant à l'autre.

– Non. Je regrette, mais je suis déjà resté trop longtemps. Nous vous attendons pour demain de bonne heure. Quand vous ferez franchir à ce livre des transmissions la petite porte en haut des marches du perron du duc d'York, vous pourrez inscrire un triomphal « Fin » à votre activité en Angleterre. Comment ! Du Tokay ? »

Il désigna une bouteille bien cachetée et couverte de poussière, placée sur un plateau avec deux verres.

« Puis-je vous en offrir avant que vous repreniez la route ?

– Non, merci. Mais une orgie se prépare ?...

– Altamont est fin connaisseur en vins, et il aime spécialement mon Tokay. C'est un personnage susceptible, et je le ménage dans les détails. Croyez-moi, il faut que je le soigne ! »

Ils avaient regagné la terrasse, à l'extrémité de laquelle le chauffeur du baron mit en marche le moteur de la grosse voiture.

« Ce sont les lumières de Harwich, je suppose ? dit le secrétaire en mettant son imperméable. Comme tout semble calme et pacifique ! Il se pourrait qu'avant huit jours il y ait ici d'autres lumières, et que la côte anglaise soit un endroit moins tranquille ! Le ciel également pourrait n'être pas tout à fait aussi paisible si nos braves Zeppelins tiennent leurs promesses. Tiens, qui vois-je là ? »

Derrière eux une seule fenêtre était éclairée. A côté de la lampe, devant une table, était assise une vieille femme au visage coloré coiffée d'un bonnet. Elle était penchée sur un tricot et elle s'arrêtait de temps à autre pour caresser un gros chat noir qui se tenait près d'elle sur un escabeau.

« Martha, la seule domestique que j'aie gardée. »

Le secrétaire émit un petit rire.

« Elle pourrait presque personnifier Britannia repliée sur elle-même dans une atmosphère de somnolence confortable. Eh bien, au revoir, Von Bork ! »

Sur un geste de la main il monta dans sa voiture, et les deux phares projetèrent bientôt leurs cônes dorés dans la nuit. Le secrétaire s'était affalé sur les coussins à l'arrière de la somptueuse limousine, et il avait l'esprit si préoccupé par l'imminence de la tragédie européenne qu'il ne fit pas attention à une petite Ford qu'il croisa dans la rue du village.

Von Bork revint lentement vers son bureau. Au passage il remarqua que sa vieille femme de charge avait éteint sa lampe et était allée se coucher. C'était nouveau pour lui, ce silence et cette obscurité d'une grande maison, car sa famille et une nombreuse domesticité ne l'avaient jamais quitté. Il éprouva néanmoins un soulagement à la pensée qu'ils étaient tous en sécurité et que, exception faite de cette unique vieille femme qui avait traîné dans la cuisine, il restait seul sur les lieux. Il avait beaucoup de choses à détruire dans son bureau; il commença ce nettoyage par le vide jusqu'à ce que son visage fin de bel homme fût coloré par la chaleur que dégageaient les papiers qui brûlaient. Alors il prit une valise de cuir et empaqueta méthodiquement le précieux contenu de son coffre-fort. A peine s'était-il mis à l'ouvrage que ses oreilles enregistrèrent le bruit d'une voiture qui approchait. Il ne put réprimer une exclamation de satisfaction, boucla la valise, ferma le coffre avec sa clef et se précipita sur la terrasse. Il arriva juste à temps pour voir les phares d'une petite voiture qui s'arrêtait devant la grille. Un voyageur en descendit, s'avança vers lui d'un pas vif, tandis que le chauffeur, un homme à la forte charpente et à la moustache grise, s'installait comme quelqu'un qui se résigne à une longue attente.

« Alors ? » demanda avidement Von Bork qui était accouru au-devant de son visiteur.

Pour toute réponse l'homme agita triomphalement au-dessus de sa tête un petit paquet enveloppé de papier brun.

« Vous pouvez me serrer joyeusement la main ce soir, Mister ! cria-t-il. Je ramène enfin le gâteau !

– Les signaux ?

– Comme je l'ai dit dans mon télégramme. Toutes les transmissions : sémaphores, codes des lampes Marconi... Une copie, si ça ne vous fait rien. Pas l'original. C'était trop dangereux. Mais de la bonne marchandise, de la marchandise conforme. Vous pouvez vous y fier ! »

Il assena une grande claque sur l'épaule de l'Allemand avec une familiarité vulgaire qui amena une grimace sur le visage de l'autre.

« Entrez ! dit-il. Je suis seul à la maison. Je n'attendais plus que vous. Bien sûr une copie vaut mieux que l'original. Si un original manquait, ils changeraient le tout. Vous êtes sûr que la copie est conforme ? »

L'Irlandais d'Amérique avait pénétré dans le bureau et il étira ses longs membres sur un fauteuil. C'était un homme grand et maigre qui pouvait avoir soixante ans : il avait le visage osseux et portait une courte barbe en bouc; il aurait pu passer pour une caricature de l'Oncle Sam. D'un coin de sa bouche pendait un cigare juteux à demi fumé; une fois assis il frotta une allumette pour le rallumer.

« Un petit déplacement en préparation ? fit-il en regardant autour de lui. Dites, Mister... »

Ses yeux étaient tombés sur le coffre-fort que le rideau avait mis à découvert.

« ... Vous n'allez pas me dire que vous gardez tous vos papiers là-dedans ?

– Pourquoi pas ?

– Sapristi ! Dans un truc pareil ? Et on vous prend pour un espion de classe ? Mais n'importe quel cambrioleur yankee ouvrirait ça avec un ouvre-boîte ! Si j'avais su que des lettres de moi iraient se perdre dans un machin comme ça, j'aurais été bien bête de vous avoir écrit une ligne !

– N'importe quel cambrioleur s'attaquerait en vain à ce coffre, répondit Von Bork. Aucun instrument ne peut entamer son métal.

– Il y a la serrure.

– Non, c'est une serrure à double combinaison. Vous savez ce que je veux dire par là ?

– Guidez-moi un peu ! fit l'Américain

– Pour que joue la serrure, il vous faut un mot et une combinaison de chiffres... »

Il se leva et montra autour du trou pour la clef un disque à double graduation.

« ... Le cercle extérieur est pour les lettres, le cercle intérieur pour les chiffres.

– Tiens, tiens ! Pas mal !

– Vous voyez que ce n'est pas aussi simple que vous le pensiez. Je l'ai fait faire il y a quatre ans; savez-vous quel mot et quels chiffres j'avais choisis à l'époque ?

– Cela me dépasse !

– Eh bien, j'avais choisi Août comme mot, et 1914 comme chiffres. Nous y sommes. »

Le visage de l'Irlandais d'Amérique exprima une surprise admirative.

« Mais c'est formidable ! Vous êtes un prophète.

– Même dans mon pays, bien peu auraient été capables de deviner la date. Et pourtant elle est là. Demain matin je ferme et je pars.

– Dites, je crois que vous aurez à vous occuper de moi aussi. Je ne vais pas rester seul dans ce sacré pays. D'après ce que je prévois, John Bull va se dresser sur ses pattes de derrière et deviendra enragé avant huit jours. J'aimerais mieux être de l'autre côté de l'eau à ce moment-là.

– Mais vous êtes citoyen américain ?

– Eh oui ! Jack James lui aussi était citoyen américain; ce qui ne l'empêche pas d'être en prison à Portland. Pas moyen de briser la glace avec un policier anglais en lui disant que vous êtes citoyen américain. « C'est la loi anglaise qui commande ici », me répondrait-il. A propos, Mister, puisque nous avons parlé de Jack James, il me semble que vous ne faites pas grand-chose pour couvrir vos agents.

– Que voulez-vous dire ? demanda Von Bork âprement.

– Quoi ! Vous êtes leur employeur, oui ou non ? C'est à vous de veiller à ce qu'ils ne tombent pas. Mais ils tombent, et que faites-vous pour les tirer d'affaire ? James par exemple...

– Tout a été de la faute de James. Vous le savez aussi bien que moi. Il n'était pas assez souple pour ce genre de travail.

– James avait une tête de cochon, je vous l'accorde. Mais prenez Hollis.

– C'était un fou.

– Ma foi, il est devenu un peu cinglé sur la fin. Mais il y a de quoi déranger le cerveau d'un homme quand il lui faut jouer la comédie du matin au soir avec une centaine de types tout disposés à lui adresser les flics. Maintenant il y a Steiner... »

Von Bork tressaillit, pâlit.

« Que se passe-t-il pour Steiner ?

– Eh bien, ils l'ont eu, c'est tout. Ils ont fait une expédition sur son entrepôt la nuit dernière; lui et ses papiers sont à la prison de Portsmouth. Vous, vous allez filer; mais lui, le pauvre diable, il aura à répondre devant un jury, et bienheureux sera-t-il s'il sauve sa tête. Voilà pourquoi je voudrais passer de l'autre côté de l'eau en même temps que vous. »

Von Bork était fort, maître de ses nerfs; mais cette nouvelle l'affecta visiblement.

« Comment ont-ils pu démasquer Steiner ? murmura-t-il. C'est un gros coup dur !

– Vous ne tarderez pas à en avoir un plus dur encore, car je crois qu'ils sont à mes trousses.

– Impossible, voyons !

– J'en suis sûr ! Ma logeuse a reçu la visite de policiers qui l'ont questionnée à mon sujet. Quand je l'ai su, j'ai compris que je n'avais pas autre chose à faire que disparaître au plus tôt. Mais ce que je voudrais bien comprendre, Mister, c'est comment les flics sont au courant. Steiner est le cinquième agent que vous avez perdu depuis que je marche avec vous. Je connais le sixième, si je ne bouge pas. Comment vous expliquez-vous cela ? N'avez-vous pas honte de voir vos hommes torpillés les uns après les autres ? »

Von Bork devint cramoisi.

« Comment osez-vous me parler sur ce ton ?

— Si je n'osais pas de temps à autre, Mister, je ne serais pas à votre service. Mais je vais vous dire sans fard tout ce que j'ai dans la tête. Je me suis laissé dire qu'avec vous, politiciens allemands, quand un agent avait fait son travail, vous n'étiez pas mécontents de le voir mis à l'ombre. »

Von Bork bondit.

« Osez-vous insinuer que j'ai livré mes agents ?

— Je ne vais pas jusque-là, Mister, mais il y a un mouchard quelque part, et c'est à vous de l'identifier. De toutes manières je n'accepte plus de courir de risques. Je suis mûr pour la petite Hollande, et le plus tôt sera le mieux. »

Von Bork avait dompté sa colère.

« Nous avons été alliés trop longtemps pour nous disputer maintenant à l'heure de la victoire, dit-il. Vous avez fait un merveilleux travail, et vous avez pris des risques que je ne puis oublier. Par n'importe quel moyen, allez en Hollande : là vous pourrez trouver un bateau de Rotterdam pour New York. Aucune autre ligne ne sera sûre dans une semaine. Je vais prendre votre livre et l'emballer avec le reste. »

L'Américain avait gardé le petit paquet dans sa main; il ne fit pas un geste pour le lâcher.

« Et le fric ? demanda-t-il.

– Le quoi ?

– La manne. La récompense. Les cinq cents livres. L'artilleur est devenu diablement gourmand sur la fin, et il a fallu que je l'arrose de cent dollars supplémentaires; sans quoi nous serions restés le bec dans l'eau vous et moi. « Rien à faire ! » qu'il me répétait. Et il ne voulait plus m'écouter. En tout j'en ai eu avec lui pour deux cents livres; aussi je ne vous remets le paquet que contre mon fric. »

Von Bork sourit amèrement.

« Vous ne paraissez pas avoir une très haute opinion de mon honneur, fit-il. Vous voulez l'argent avant que vous m'ayez donné le livre.

– Que voulez-vous, Mister, nous sommes en affaires !

– Très bien. Comme vous voudrez. »

Il s'assit devant la table et remplit un chèque qu'il retira du carnet, mais il ne le tendit pas à son interlocuteur.

« ... Après tout, puisque nous en sommes réduits à de tels rapports, monsieur Altamont, reprit-il, je ne vois pas pourquoi je me fierais à vous plus que vous ne vous fiez à moi... »

Il se retourna vers l'Irlandais d'Amérique et le regarda par-dessus son épaule.

« ... Le chèque est sur la table. Je tiens à examiner le contenu du paquet avant que vous ne le preniez. »

L'Irlandais d'Amérique le lui donna sans un mot. Von Bork défit la ficelle et retira deux papiers d'emballage. Puis il demeura stupéfait devant le petit livre bleu qui apparut. Sur la couverture était écrit en lettre dorées : « Manuel pratique d'apiculture. » Le maître-espion n'eut pas le temps de contempler longtemps ce titre étrangement irrévérencieux. Une main de fer l'étreignit à la gorge, et une éponge chloroformée s'abattit sur son visage grimaçant.

* * * *

« Un autre verre, Watson ? » fit M. Sherlock Holmes en tendant la bouteille de Tokay Impérial.

Le robuste chauffeur, qui s'était assis près de la table, avança son verre avec une certaine avidité.

« C'est un bon vin, Holmes.

– Un grand vin, Watson. Notre ami qui est sur le canapé m'a affirmé qu'il provient de la cave personnelle de François-Joseph à Schoenbrunn. Seriez-vous assez aimable pour ouvrir la fenêtre, car les vapeurs de chloroforme ne facilitent pas la dégustation. »

Le coffre était entrebâillé; Holmes, debout devant lui, en tira tous les dossiers, les examina rapidement, puis les rangea dans la valise de Von Bork. L'Allemand était allongé sur le canapé; il ronflait en dormant; une courroie ligotait ses bras; une autre immobilisait ses jambes.

« Nous n'avons pas besoin de nous presser, Watson. Nous ne risquons pas d'être interrompus. Voudriez-vous sonner ? Il n'y a personne d'autre dans la maison, excepté la vieille Martha, qui a tenu admirablement son rôle. C'est elle qui m'a mis au courant quand j'ai pris l'affaire en main. Ah ! Martha, vous serez heureuse d'apprendre que tout s'est bien passé ! »

La vieille femme était apparue sur le seuil. Elle s'inclina en souriant devant Sherlock Holmes, mais jeta un coup d'œil un peu inquiet vers la forme humaine étendue sur le canapé.

« Il va bien, Martha, il n'a eu aucun mal.

– Cela me fait plaisir, monsieur Holmes. D'un certain point de vue, il a été un bon maître. Il voulait que je parte hier avec sa femme pour l'Allemagne, mais cela n'aurait guère convenu à vos plans, n'est-ce pas, monsieur ?

– Cela ne m'aurait pas du tout plu, Martha. Tant que vous étiez ici, j'étais tranquille. Nous avons attendu votre signal, ce soir.

– Le secrétaire était là, monsieur.

– Oui. Sa voiture nous a croisés.

– Je croyais qu'il ne partirait jamais. Je savais que vous auriez été contrarié, monsieur, si vous l'aviez trouvé ici.

– Plutôt contrarié, en effet. Bref, nous avons attendu une bonne demi-heure avant de voir votre lampe s'éteindre et de savoir que la voie était libre. Vous pourrez venir me voir demain à Londres, Martha, au Claridge's Hotel.

– Très bien, monsieur.

– Je suppose que vous avez tout préparé pour votre départ ?

– Oui, monsieur. Il a mis sept lettres à la poste aujourd'hui. Comme d'habitude j'ai noté les adresses.

– Parfait, Martha. Je verrai cela demain. Bonne nuit !... Ces papiers, poursuivit-il quand la vieille femme fut sortie, ne sont pas bien importants car, bien sûr, les renseignements qu'ils contenaient sont parvenus depuis longtemps au gouvernement allemand. Ce sont des documents originaux qui pouvaient difficilement être exportés.

– Sont-ils donc inutiles ?

– Je n'irai pas jusque-là, mon cher Watson. Ils montreront quand même à nos gens ce qui est connu des Allemands et ce qui ne l'est pas. Je puis dire qu'un bon nombre de ces papiers sont arrivés ici par mon intermédiaire, donc qu'ils sont autant de faux renseignements pour l'ennemi. Mes vieux jours s'éclaireraient d'une lueur de gaieté si je pouvais voir un croiseur allemand remonter la Solent en se fiant au plan de mines que j'ai fourni. Mais vous, Watson... »

Il interrompit son travail et prit son vieil ami par les épaules.

« ... Je vous ai à peine regardé en pleine lumière. Comment supportez-vous le poids des ans ? Vous êtes toujours le même enfant joyeux que j'ai connu.

– Je me sens rajeuni de vingt ans, Holmes. J'ai rarement éprouvé un plaisir aussi vif lorsque j'ai reçu votre télégramme me priant de vous retrouver à Harwich avec la voiture. Mais vous, Holmes ? Vous n'avez presque pas changé. Sauf cet horrible bouc...

– Voilà les sacrifices que l'on consent à son pays, Watson, répondit Holmes en tirant sur sa petite touffe de barbe. Demain ce bouc ne sera plus qu'un affreux souvenir. Avec mes cheveux coupés et quelques autres modifications de surface, je paraîtrai demain au Claridge's tel que j'étais avant ce déguisement américain.

– Mais vous vous étiez retiré, Holmes. Nous avions appris que vous viviez en ermite parmi vos abeilles et vos livres dans une petite ferme des South Downs.

– En effet. Voici le fruit de mon existence paisible, le magnum opus de mes dernières années !... »

Il prit le livre sur la table et lut le titre en entier : « Manuel pratique d'apiculture, avec quelques observations sur la ségrégation de la Reine. »

« ... Je l'ai écrit seul. Tel est le résultat de quantité de nuits de méditation et de jours de travail; j'ai surveillé le petit monde des abeilles avec autant d'intensité qu'à Londres je surveillais le monde du crime.

– Mais comment êtes-vous sorti de votre retraite ?

– Ah ! je m'en étonne encore ! J'aurais pu résister aux avances du ministre des Affaires étrangères, mais quand le Premier Ministre a daigné me rendre visite sous mon humble toit !... Le fait est, Watson, que ce gentleman sur le canapé était un peu trop fort pour nos gens. Il est d'une classe exceptionnelle. Tout allait mal, et personne ne comprenait pourquoi tout allait mal. Des agents étaient soupçonnés, d'autres arrêtés; mais il était évident que derrière eux se tenait une force puissante et mystérieuse. Il devenait urgent de la démasquer. On a exercé sur moi certaines pressions pour que je m'occupe de l'affaire. Cela m'a coûté deux années d'effort, Watson, mais elles n'ont pas été tout à fait dépourvues d'amusements. J'ai commencé par un pèlerinage à Chicago, je me suis enrôlé dans une société secrète irlandaise à Buffalo, j'ai causé de sérieux ennuis à la police de Skibbareen, ce qui m'a valu d'être remarqué par un agent de Von Bork qui m'a recommandé à son patron comme un homme valable... Depuis lors j'ai été honoré de sa confiance, et cela lui a valu de voir déjoués la plupart de ses plans et ses meilleurs agents en prison. Je veillais, Watson, et j'attendais le moment où le fruit serait mûr... Eh bien, monsieur, j'espère que vous ne vous sentez pas trop mal ? »

Cette dernière phrase s'adressait à Von Bork qui, après force bâillements et clignotements, avait écouté Holmes. Il déversa un furieux torrent d'injures en allemand; la rage déformait ses traits. Pendant que son prisonnier jurait et sacrait, Holmes reprit l'investigation des documents qu'il avait commencée.

« Bien que peu musical, l'allemand est la plus expressive de toutes les langues ! remarqua-t-il quand Von Bork, à bout de souffle, se fut tu. Ah ! ah ! ajouta-t-il en regardant de près un dessin. Voici quelque chose qui devrait permettre la capture d'un autre oiseau. Je n'aurais pas cru que le commissaire de la marine était un tel coquin, et pourtant il y avait longtemps que je le surveillais. Mister Von Bork, vous allez avoir à répondre de beaucoup de méfaits ! »

Le prisonnier s'était redressé non sans difficulté sur le canapé, et il considérait son vainqueur avec un mélange de stupéfaction et de haine.

« Je vous revaudrai cela, Altamont ! dit-il en parlant avec une lenteur résolue. Quand même j'y consacrerais toute ma vie, je vous revaudrai cela !

– La bonne vieille chanson ! fit Holmes. Combien de fois l'ai-je entendue jadis ! C'était le leitmotiv préféré de feu le regretté professeur Moriarty (Cf. : Souvenirs sur Sherlock Holmes). Le colonel Sebastian Moran (Cf : La maison vide dans Résurrection de Sherlock Holmes) l'a également répété. Et pourtant je suis encore en vie, et je m'occupe d'apiculture dans les South Downs !

– Soyez maudit, double traître ! cria l'Allemand en essayant de se libérer de ses liens tout en lançant à Holmes des regards assassins.

– Non, je ne suis pas aussi mauvais que cela ! fit Holmes en souriant. Comme vous avez pu le deviner, M. Altamont de Chicago n'a jamais existé. Je me suis servi de ce nom. N'en parlons plus !

– Qui êtes-vous donc ?

– Qui je suis ? Oh ! c'est vraiment sans importance ! Mais puisque vous semblez être intéressé à le savoir, je vous confierai que ceci n'est pas ma première rencontre avec des membres de votre famille. J'ai fait un certain nombre d'affaires en Allemagne autrefois, et mon nom vous est sans doute familier.

– Je voudrais bien le connaître !

– C'est moi qui ai fait aboutir la séparation entre Irène Adler et le défunt roi de Bohème (Cf : Les Aventures de Sherlock Holmes) quand votre cousin Heinrich m'a été envoyé par l'Empereur. C'est encore moi qui ai épargné au comte Von and zu Grafenstein qui était le frère aîné de votre mère, d'être assassiné par le nihiliste Klopman. C'est moi qui... »

Von Bork se mit sur son séant.

« Cet homme-là est unique au monde !...

– Exactement ! » dit Holmes en s'inclinant.

Von Bork gémit et retomba sur le canapé.

« Mais la majeure partie de mes renseignements me venait à travers vous ! s'exclama-t-il. Que valaient-ils ? Ah ! qu'ai-je fait ! Je suis anéanti pour toujours !

– Mes informations étaient évidemment sujettes à caution, dit Holmes. Elles méritent quelques vérifications, et vous disposez de peu de temps. Votre amiral découvrira peut être que les nouveaux canons sont plus gros, et les croiseurs plus rapides qu'il ne l'escompte... »

De désespoir, Von Bork s'étreignit la gorge.

« ... D'autres détails se dévoileront en leur temps. Mais vous possédez une qualité très rare pour un Allemand, monsieur Von Bork : vous êtes sportif, et vous ne me garderez pas rancune quand vous comprendrez que vous, qui avez abusé tant de monde, avez été abusé à votre tour. Après tout, vous avez fait de votre mieux pour votre pays, j'ai fait de mon mieux pour le mien : quoi de plus naturel ? En outre... »

Il posa doucement une main sur l'épaule de l'homme prostré.

« ... Cela vaut mieux qu'être terrassé par un adversaire plus ignoble... Les papiers sont maintenant dans la valise, Watson. Si vous vouliez m'aider pour emmener notre prisonnier, je crois que nous pourrions nous diriger immédiatement sur Londres. »

Il ne leur fut pas facile de faire bouger Von Bork, car il était fort et prêt à tout. Finalement, en lui tenant chacun un bras, les deux amis lui firent descendre l'allée du jardin qu'il avait remontée avec tant d'orgueilleuse confiance quand il avait reçu quelques heures plus tôt les compliments du diplomate. Après une courte lutte, il fut hissé, pieds et poings liés, sur le siège arrière de la petite voiture, avec sa précieuse valise à côté de lui.

« J'espère que vous êtes aussi confortablement installé que le permettent les circonstances, dit Holmes quand tout fut prêt pour le départ. Prendrai-je la liberté d'allumer un cigare et de le placer dans votre bouche ? »

Mais toutes ces amabilités se heurtèrent à la colère de l'Allemand.

« Je suppose que vous avez réfléchi à ceci, monsieur Sherlock Holmes : si votre gouvernement couvre vos agissements, c'est un acte de guerre !

– Que voulez-vous dire avec mes agissements et le gouvernement ?

– Vous êtes un particulier. Vous n'avez aucun mandat pour m'arrêter. Tout dans votre procédé est absolument illégal et insultant.

– Absolument ! répondit Holmes.

– Kidnapper un sujet allemand !

– Et lui dérober ses papiers personnels !

– Bien. Je vois que vous réalisez votre situation, vous et votre complice. Si j'appelais à l'aide en traversant le village...

– Mon cher monsieur, si vous faisiez quelque chose d'aussi stupide, vous augmenteriez probablement le nombre des enseignes de nos auberges de village en nous fournissant un nouveau point d'histoire locale : « Au Prussien pendu. » L'Anglais est patient, mais, à présent, il s'est mis un tout petit peu en colère, et il vaudrait mieux ne pas le pousser trop loin. Non, monsieur Von Bork, vous nous accompagnerez tranquillement et délicatement à Scotland Yard, d'où vous pourrez appeler votre ami le baron Von Herling afin d'examiner avec lui si vous ne pourriez pas quand même occuper la place qui vous a été réservée dans la suite personnelle de l'ambassadeur. Quant à vous, Watson, Londres n'est pas trop loin pour votre vieille voiture. Venez avec moi un instant sur la terrasse, car c'est peut-être le dernier entretien paisible que nous aurons ensemble. »

Pendant quelques minutes les deux amis bavardèrent tranquillement à cœur ouvert; leur prisonnier se débattait en vain pour se libérer de ses liens. Quand ils regagnèrent la voiture, Holmes se retourna pour contempler la mer éclairée par la lune et hocha pensivement la tête.

« Le vent d'est se lève, Watson !

– Je ne crois pas, Holmes. Il fait très chaud.

– Cher vieux Watson ! Vous êtes le seul point fixe d'une époque changeante. Un vent d'est se lève néanmoins : un vent comme il n'en a jamais soufflé sur l'Angleterre. Il serra froid et aigre, Watson; bon nombre d'entre nous n'assisteront pas à son accalmie. Mais c'est toutefois le vent de Dieu; et une nation plus pure, meilleure, plus forte surgira à la lumière du soleil quand la tempête aura passé. Mettez en marche, Watson; il est temps de partir. J'ai un chèque de cinq cents livres dans ma poche; je voudrais le toucher le plus tôt possible, car le tireur serait tout à fait capable de faire opposition, si on lui en laissait la possibilité. »

Toutes les aventures de Sherlock Holmes

Liste des quatre romans et cinquante-six nouvelles qui constituent les aventures de Sherlock Holmes, publiées par Sir Arthur Conan Doyle entre 1887 et 1927.

Romans

* Une Étude en Rouge (novembre 1887)
* Le Signe des Quatre (février 1890)
* Le Chien des Baskerville (août 1901 à mai 1902)
* La Vallée de la Peur (sept 1914 à mai 1915)

Les Aventures de Sherlock Holmes

* Un Scandale en Bohême (juillet 1891)
* La Ligue des Rouquins (août 1891)
* Une Affaire d'Identité (septembre 1891)
* Le mystère de la vallée de Boscombe (octobre 1891)
* Les Cinq Pépins d'Orange (novembre 1891)
* L'Homme à la Lèvre Tordue (décembre 1891)
* L'Escarboucle Bleue (janvier 1892)
* Le Ruban Moucheté (février 1892)
* Le Pouce de l'Ingénieur (mars 1892)
* Un Aristocrate Célibataire (avril 1892)
* Le Diadème de Beryls (mai 1892)
* Les Hêtres Rouges (juin 1892)

Les Mémoires de Sherlock Holmes

* Flamme d'Argent (décembre 1892)
* La Boite en Carton (janvier 1893)
* La Figure Jaune (février 1893)
* L'Employé de l'Agent de Change (mars 1893)
* Le Gloria-Scott (avril 1893)
* Le Rituel des Musgrave (mai 1893)
* Les Propriétaires de Reigate (juin 1893)

* Le Tordu (juillet 1893)
* Le Pensionnaire en Traitement (août 1893)
* L'Interprète Grec (septembre 1893)
* Le Traité Naval (octobre / novembre 1893)
* Le Dernier Problème (décembre 1893)

Le Retour de Sherlock Holmes

* La Maison Vide (26 septembre 1903)
* L'Entrepreneur de Norwood (31 octobre 1903)
* Les Hommes Dansants (décembre 1903)
* La Cycliste Solitaire (26 décembre 1903)
* L'École du prieuré (30 janvier 1904)
* Peter le Noir (27 février 1904)
* Charles Auguste Milverton (26 mars 1904)
* Les Six Napoléons (30 avril 1904)
* Les Trois Étudiants (juin 1904)
* Le Pince-Nez en Or (juillet 1904)
* Un Trois-Quarts a été perdu (août 1904)
* Le Manoir de L'Abbaye (septembre 1904)
* La Deuxième Tâche (décembre 1904)

Son Dernier Coup d'Archet

* L'aventure de Wisteria Lodge (15 août 1908)
* Les Plans du Bruce-Partington (décembre 1908)
* Le Pied du Diable (décembre 1910)
* Le Cercle Rouge (mars/avril 1911)
* La Disparition de Lady Frances Carfax (décembre 1911)
* Le détective agonisant (22 novembre 1913)
* Son Dernier Coup d'Archet (septembre 1917)

Les Archives de Sherlock Holmes

* La Pierre de Mazarin (octobre 1921)
* Le Problème du Pont de Thor (février et mars 1922)
* L'Homme qui Grimpait (mars 1923)

* Le Vampire du Sussex (janvier 1924)
* Les Trois Garrideb (25 octobre 1924)
* L'Illustre Client (8 novembre 1924)
* Les Trois Pignons (18 septembre 1926)
* Le Soldat Blanchi (16 octobre 1926)
* La Crinière du Lion (27 novembre 1926)
* Le Marchand de Couleurs Retiré des Affaires (18 décembre. 1926)
* La Pensionnaire Voilée (22 janvier 1927)
* L'Aventure de Shoscombe Old Place (5 mars 1927)